Cooper's Lesson
쿠퍼의 레슨

Story by / 글
Sun Yung Shin

Illustrations by / 그림
Kim Cogan

Children's Book Press, *an imprint of* Lee & Low Books Inc.
New York

Cooper's pocket felt heavy with his allowance. He leashed his dog, Catso, and laced his shoes.

"Be home by dinnertime!" called Cooper's dad.

"Cooper!" exclaimed his mom. "Could you pick up some ginger at Mr. Lee's store? *Kamsahamnida!*"

Cooper sighed. His mom always insisted on speaking only Korean to Mr. Lee, even though Cooper could barely follow along. Once, Mr. Lee had scolded him—in Korean—for not speaking Korean. Since then, Cooper felt funny every time he walked past the old man's store.

"Sure, Mom!" Cooper called over his shoulder, as he and Catso began their walk through the neighborhood.

쿠퍼의 호주머니는 용돈으로 묵직하였습니다. 쿠퍼는 애견 캣소의 목에 줄을 채우고 신발 끈을 묶었습니다.

"저녁 먹을 때까지는 집에 와야 한다!" 쿠퍼 아빠가 말씀하셨습니다.

"쿠퍼야" 엄마가 부르셨습니다. "이씨 아저씨네 가게에서 생강 좀 사올 수 있겠니? 고마워!"

쿠퍼는 한숨을 푹 내쉬었습니다. 엄마는 쿠퍼가 한국말을 잘 알아듣지 못한다는 것을 아시면서도, 이씨 아저씨를 만나면 항상 한국말로 이야기하셨습니다.

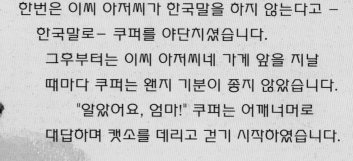

한번은 이씨 아저씨가 한국말을 하지 않는다고 – 한국말로– 쿠퍼를 야단치셨습니다.

그후부터는 이씨 아저씨네 가게 앞을 지날 때마다 쿠퍼는 왠지 기분이 좋지 않았습니다.

"알았어요, 엄마!" 쿠퍼는 어깨너머로 대답하며 캣소를 데리고 걷기 시작하였습니다.

A poster hung in the window of Mr. Lee's grocery store for a new Tae Kwon Do gym in the neighborhood. Both kids on the poster had black hair and yellow-brown skin.

Cooper studied his reflection in the window. Brown hair and some freckles. Grandmother Park always said, "Such white skin!" and Grandmother Daly always said, "What brown skin!" One cousin always teased him about being "half and half."

Cooper frowned. In the window, the stacked packages of powdered *insam* and bars of soap wrapped in red-and-white paper made a perfect miniature skyline.

He tied Catso's leash to a No Parking sign and went inside.

이씨 아저씨네 가게창문에는 새로 생긴 태권도 도장의 포스터가 붙어 있었습니다. 포스터에 나온 아이들은 모두 검은머리에 황갈색 피부를 하고 있었습니다.

쿠퍼는 창문에 비친 자기모습을 살펴보았습니다. 갈색머리, 하얀피부, 그리고 약간의 주근깨가 덮여있는 얼굴. 외할머니는 항상 "넌 참 피부가 하얗구나" 라고하셨고 친할머니는 항상 "넌 참 피부가 갈색이구나" 라고 하셨습니다. 사촌중의 한명은 쿠퍼가 "혼혈아"라고 항상 놀려댔습니다.

쿠퍼는 얼굴을 찌푸렸습니다. 진열장 안에는 분말인삼이 들어있는 상자와 빨간색과 흰색종이로 포장된 비누들이 가지런히 쌓여있어서, 마치 고층건물들의 윤곽을 보는 것 같았습니다. 쿠퍼는 캣소의 줄을 주차금지 푯말에 묶어놓고 가게 안으로 들어갔습니다.

Inside, families filled the aisles, laughing and smiling. Mothers picked up vegetables to carefully inspect their leaves and roots, or gently squeezed round, sweet melons. Fathers examined the fish in the tank, searching out the largest and liveliest.

Cooper's ears were buzzing. He realized he had never been inside without his mother. *Everyone seems to belong here*, he thought.

One woman with a small, sleeping boy in her arms smiled at Cooper and said, *"An yong."*

"Hello," Cooper stammered, blushing.

"An yong ha se oh," he added quietly, but she was already out the door.

가게안에는 각 통로마다 웃고 미소짓는 가족들로 붐볐습니다. 엄마들은 야채를
집어들고 잎과 뿌리가 싱싱한지 이리저리 자세하게 살펴보거나, 둥글고 달콤한 멜론을
살짝 눌러보곤 하였습니다. 그리고, 아빠들은 물탱크속을 들여다 보며 가장 크고
싱싱한 생선을 고르고 계셨습니다.

　　쿠퍼는 귀가 윙윙 울리는것 같았습니다. 쿠퍼는 이 가게에 엄마없이 혼자 와
본적이 한번도 없다는 사실을 문득 깨달았습니다. 쿠퍼는 자기만 빼고 다른 사람들
모두가 마치 자기 집에 온 것처럼 편해 보인다고 생각했습니다.

　　전에 이 가게에서 본적이 있는 낯익은 아줌마 한분이 잠자는 아기를 꼭 안은채
미소지으며 "안녕." 하고 아는체 하셨습니다.

　　"헬로." 쿠퍼는 얼굴을 붉히며 말을 더듬거렸습니다. 그리고는 "안녕하세요."
하고 작은 목소리로 말했지만 이미 그 아줌마는 문밖으로 나간 뒤였습니다.

Cooper wandered past the boxes of green tea and packages of shrimp crackers, and stopped at a display of hairbrushes and barrettes.

Cooper remembered. The week before, he had gone outside to brush Catso. He had grabbed the first brush he could find—his mother's—and spent the next half-hour brushing Catso's coat to a glossy shine.

The next morning, when Cooper left for school, his mother found her brush on the table in the hallway, full of Catso's brown and white fur.

"Cooper! My brush! Ruined!" cried his mom.

I know—I'll buy her a new one with my allowance! Cooper smiled to himself.

쿠퍼는 녹차상자와 새우깡상자들이 쌓여있는 곳을 지나 헤어 브러쉬와 머리핀이 진열된 곳으로 갔습니다.

쿠퍼는 며칠전 기억이 떠올랐습니다. 일주일 전에 캣소의 털을 빗어주려고 밖으로 데리고 나간적이 있었습니다. 눈에 바로 띈 브러쉬를 집어들고 – 엄마 것이었음 – 캣소의 털이 반들거리게 윤이 나도록 약 반시간 동안을 빗어 주었습니다.

다음날 아침 쿠퍼가 학교에 갈때쯤, 쿠퍼 엄마는 복도 테이블 위에 놓인 자기 브러쉬에 까맣고 하얀 캣소의 털이 잔뜩 끼어 있는것을 발견하였습니다.

"쿠퍼야! 엄마 브러쉬가 못쓰게 되었잖니!" 하고 엄마가 큰소리를 치셨습니다.

'알아요. 제 용돈으로 엄마에게 새 브러쉬를 사드릴게요!' 쿠퍼는 혼잣말을 하며 빙그레 웃었습니다.

But Cooper's heart sank—even the smallest brush on display cost more than the three dollars in his pocket.

Mr. Lee called out to him from the register, but Mr. Lee's Korean was too quick for Cooper to catch.

Mr. Lee walked over to Cooper. *Is he laughing at me?* Cooper wondered. He wanted to answer back in Korean, English, anything, but his tongue lay as heavy and still in his mouth as a dead fish.

He was sorry that he had paid so little attention when his mother had tried to teach him Korean. Mr. Lee watched him expectantly.

그러나 오늘 쿠퍼는 브러쉬 값을 보고는 가슴이 철렁 내려 앉았습니다 – 제일 작은 브러쉬 조차도 자기 호주머니에 들어있는 삼달러로 사기엔 너무 비쌌습니다.

이씨 아저씨가 계산대 뒤에 서서 쿠퍼를 불렀습니다. 하지만 아저씨가 한국말로 너무 빨리 말하셔서 쿠퍼는 제대로 알아들을 수가 없었습니다.

이씨 아저씨가 쿠퍼에게로 다가왔습니다.

'아저씨가 나를 놀리는 걸까? 내가 여기 있는게 싫은걸까 ?' 쿠퍼는 혼란스러웠습니다.   쿠퍼는 한국말이나 영어로 얼른 이씨 아저씨게 대답을 하고 싶었지만, 웬일인지 말문이 막혀 한마디도 할 수 없었습니다.

쿠퍼는 엄마가 한국말을 가르쳐 줄때 별로 신경을 쓰지 않았던 것이 너무 후회되었습니다. 이씨 아저씨는 쿠퍼가 대답하기를 기다렸습니다.

"Uh . . . is this all you have?" Cooper finally squeaked out.

Mr. Lee frowned and said, *"Ye. Mullon imnida?"* When Cooper didn't answer, Mr. Lee shook his head and walked away.

The Korean writing on the cans and boxes seemed to dance off the labels. The aisles were closing in on him from all sides.

Cooper felt the money in his pocket. *Dumb, small allowance!*

He looked at Mr. Lee and thought to himself, *Why don't you speak English to me?* Cooper felt hot prickles under his skin.

Suddenly, Cooper's hand reached out and grabbed the biggest brush from the rack. As though in a dream, he turned and moved toward the door.

"저, 여기 있는 브러쉬가 전부인가요?" 마침내 쿠퍼는 영어로 간신히 물어보았습니다.

이씨 아저씨는 얼굴을 찌푸리며 한국말로 말씀하셨습니다. "이것밖에 없는데 어떡하지?" 쿠퍼가 대답을 하지 않자, 이씨 아저씨는 한숨을 내쉬며 다른 곳으로 가셨습니다.

통조림과 상자들마다 씌여있는 한글들은 빙글빙글 어지럽게 돌고 있는 것 같았습니다. 그리고 물건들이 가득쌓인 통로들은 사방에서 쿠퍼를 향해 점점 조여드는 것만 같았습니다.

쿠퍼는 호주머니 속의 용돈을 만지작 거렸습니다.

'이렇게 용돈이 조금밖에 없는걸!' 그리고 쿠퍼는 이씨 아저씨를 바라보며 속으로 외쳤습니다. '왜 저한테 영어로 말하지 않으세요?'

갑자기 쿠퍼는 손을 뻗어 진열대에서 가장 큰 브러쉬를 집어 들었습니다. 그리고는 마치 꿈을 꾸듯이, 몸을 돌려 문쪽으로 걸어 갔습니다.

He was halfway outside when a firm hand gripped his shoulder.

"What do you have there?"

"Nothing," stammered Cooper, his eyes open wide. Since when could Mr. Lee speak English?

Mr. Lee took the brush from Cooper's hand.

"It—it was for my mother!"

Mr. Lee bent down to look at Cooper. "Would your mother want you to steal for her? Is that what she teaches you?"

"No . . . " said Cooper, blushing red to his ears.

"Any other 'nothings' in your pocket?" asked Mr. Lee. Cooper pulled his allowance from his pocket. Mr. Lee shook his head in disbelief. "Come with me," he sighed.

쿠퍼가 거의 반쯤 문밖으로 나왔을때 누군가가 그의 어깨를 꽉 잡았습니다.

"너, 거기 네손에 가지고 있는 게 뭐지?"

"아무것도 아니에요," 쿠퍼는 눈이 휘둥그래진 체, 더듬거렸습니다. '언제부터 이씨 아저씨가 영어를 할 줄 알았지?' 하는 생각이 들었습니다. 이씨 아저씨가 쿠퍼의 손에 든 브러쉬를 뺏었습니다.

"이건, 이건 우리 엄마 드릴꺼예요!"

이씨 아저씨는 몸을 숙여 쿠퍼를 노려 보았습니다. "네 어머니가 너보고 도둑질 해 오라고 했니? 네 엄마가 그렇게 가르치더냐?"

"아니요..." 쿠퍼는 귀까지 벌개진체 대답했습니다.

"너, 다른 물건도 훔친거 아냐?" 이씨 아저씨가 다그쳐 물었습니다. 쿠퍼는 호주머니에서 용돈을 꺼냈습니다. 이씨 아저씨는 기가 막힌듯이 고개를 설레설레 저었습니다. "나를 따라와라." 아저씨는 한숨을 쉬며 말씀하셨습니다.

Mr. Lee handed Cooper a broom. "Do you know how to use one of these?" he asked. Cooper nodded, his voice nowhere to be found. He had never felt so ashamed in his entire life.

So Cooper swept. And swept. And swept some more.

After sweeping the day's dust into the trash bin, Cooper went and stood in front of Mr. Lee, unsure of what to say or do.

"Come back tomorrow, same time," said Mr. Lee, with a look that told Cooper he'd better return.

Cooper's stomach hurt as he thought about what to tell his mother. Would Mr. Lee call her before he got home?

　이씨아저씨는 쿠퍼에게 빗자루를 주시며 "너 이게 뭐하는 건줄 아니?" 하고
물으셨습니다. 쿠퍼는 가만히 고개만 끄떡였습니다. 쿠퍼는 이렇게 자존심
상해보기는 생전 처음 이었습니다. 그래서 쿠퍼는 빗자루로 바닥을 쓸고, 쓸고 또
쓸었습니다.

　바닥의 먼지를 다 쓸고 난후, 쿠퍼는 우물쭈물 아무말도 못한채 이씨
아저씨앞에 섰습니다.

　"내일 같은시간에 이리로 와." 이씨 아저씨가 근엄한 표정으로 말씀하셨습니다.
쿠퍼는 엄마에게 오늘 있었던 일을 이야기할 생각을 하니 앞이 캄캄했습니다.

　'이씨 아저씨는 내가 집에 가기도 전에 엄마에게 전화 하실지 몰라.'

Cooper closed the front door quietly behind him, but not quietly enough.

"Oh good, you're back! Cooper, we need that ginger, quick!" his mom called from the kitchen.

Visions of the afternoon—his too-small allowance, the hairbrush, the broom—flashed before him. "Oh no," he groaned, his chin dropping to his chest.

"You forgot? *Aigo!* What were you doing all this time?" asked his mom. Cooper wanted to apologize, but she had gone back to cooking. Once again, his tongue failed him. He would tell her about Mr. Lee and the hairbrush tomorrow.

쿠퍼는 가만히 대문을 닫고 살금살금 집으로 들어 가려 했는데, 그만 들키고 말았습니다.

"쿠퍼야, 잘왔다. 빨리 생강 가져 오렴." 아빠가 부엌에서 부르셨습니다.

오후에 일어났던 일들이 – 부족한 용돈, 헤어브러쉬, 빗자루 – 쿠퍼의 눈에 어른거렸습니다. "아, 안돼," 쿠퍼는 고개를 떨군채 한숨을 쉬었습니다.

"잊어버렸다구? 아이고! 그러면 지금까지 뭐하고 있었던 거니 ?" 엄마가 물으셨습니다. 쿠퍼는 용서를 빌려고 했지만 엄마는 다시 부엌으로 들어가셨습니다. 쿠퍼는 또 다시 말문이 막혔습니다. 쿠퍼는 내일 엄마한테 이씨 아저씨네 가게에서 있었던 일을 말하기로 마음 먹었습니다.

The next day after school, Cooper dragged his feet to Mr. Lee's store.

Mr. Lee demonstrated how to place cans on the shelves so that the labels lined up perfectly. He spoke to Cooper first in Korean and then in English. Cooper tried it. Mr. Lee nodded silently, then walked away.

After he had placed the last can on the shelf, Cooper watched Mr. Lee chat with his customers at the register. Cooper realized suddenly that sometimes, if he paid very close attention, he could understand what they said.

On his way home, Cooper passed a leafy oak tree. *Namu*. The Korean word for *tree* rose in his mind, surprising him, like a fish breaking the surface of a calm pond.

다음날 방과 후에, 쿠퍼는 내키지않는 발걸음을 끌고 이씨 아저씨네 가게로 갔습니다. 이씨 아저씨는 선반위의 통조림들을 어떻게 정리해야 레이블이 가지런히 보일수 있는지 시범을 보여 주셨습니다.

아저씨는 쿠퍼에게 먼저 한국말로 말씀하신 뒤 다시 영어로 가르쳐 주셨습니다. 쿠퍼는 아저씨가 하신대로 따라해 보았습니다. 이씨 아저씨는 말없이 고개를 끄떡이시더니 다른 곳으로 가셨습니다.

마지막 통조림캔을 정리한 뒤에, 쿠퍼는 이씨 아저씨가 계산대에서 다른 손님과 이야기 하는 것을 쳐다 보았습니다. 쿠퍼는 자기가 조금만 더 주의를 기울여 들으면, 그사람들이 무슨이야기를 하는지 알아들을 수 있다는 사실을 깨달았습니다.

쿠퍼는 집으로 돌아오는길에 잎이 무성한 참나무를 지나치게 되었습니다.

'나무였지.' 한국말로 나무라는 단어가 놀랍게도 쿠퍼의 머리 속에 갑자기 떠올랐습니다.

By the end of the week, Cooper's feet no longer dragged as he walked to Mr. Lee's. He even caught himself whistling as he swept.

Mr. Lee approached. His tired face was gentle. He bent down to look Cooper in the eye and said, "So. Are you ready to tell me why you stole from me?"

"I don't know!" Cooper said, although then he felt that perhaps he did know. "I'm sorry. I thought you were laughing at me because I couldn't speak Korean. I got mad."

"I know how that feels, believe it or not," said Mr. Lee, "but stealing is still wrong."

"I know," said Cooper, his voice small.

"Oh good," said Mr. Lee. "Maybe there's hope for you yet."

주말이 다가오면서, 이씨 아저씨네 가게로 향하는 쿠퍼의 발걸음이 점점 더 가벼워 졌습니다. 이제는 줄줄이 놓인 통조림위의 먼지를 닦으면서 휘파람을 불기도 하였습니다.

이씨 아저씨가 쿠퍼에게 다가오셨습니다. 아저씨는 피곤해 보였지만 상냥한 표정으로 쿠퍼를 바라보셨습니다.

"그래. 이제는 네가 왜 물건을 훔쳤는지 얘기해 주겠니?"

"잘 모르겠어요." 쿠퍼는 어렴풋이나마 알것도 같았지만 그냥 그렇게 대답했습니다. "죄송해요. 제가 한국말을 못하니까 아저씨께서 저를 놀리는 거라고 생각해서 화가 났었거든요." "네가 믿을지 모르겠지만 네 기분이 어떤지 나도 안단다." 라고 이씨 아저씨가 말씀하셨습니다. "그렇지만 남의 물건을 훔치는것은 나쁜 일이란다."

"알아요." 쿠퍼는 기어들어가는 목소리로 말했습니다.

"그래. 좋았어." 이씨 아저씨가 말씀하셨습니다. "네가 그리 나쁜 아이는 아닌것 같구나."

Suddenly Mr. Lee motioned for Cooper to follow him to the register. He pulled a slim photo album from beneath the counter and opened it to a photo of a young man in a white coat next to a modern-looking building. The sign over the door was in bold Korean lettering.

Cooper's eyes widened. "Is that you?"

Mr. Lee nodded. "When I was a chemist in Korea, I had the neatest lab in the company."

"You were a chemist?"

"Yes. But when I came here, I had to start over with a new language."

"But English is easy!" Cooper blurted.

Mr. Lee laughed. "Yes . . . About as easy as Korean." Cooper blushed.

갑자기 이씨 아저씨는 쿠퍼에게 계산대로 따라오라는 손짓을 하셨습니다.
아저씨는 카운터 밑에서 얇은 사진첩을 꺼내어 쿠퍼에게 보여주셨습니다. 거기엔
현대식 건물옆에 흰색 가운을 입고 서있는 젊은 남자 사진이 들어있었습니다.
건물 정문에는 굵직한 한글 간판이 보였습니다.

쿠퍼의 눈이 휘둥그레졌습니다. "이 사람이 아저씨예요?"

이씨 아저씨가 고개를 끄떡이셨습니다. "아저씨가 한국에 있을때는
화학자였었단다. 그땐 회사에서 내가 제일 좋은 실험실을 갖고 있었지."

"하지만 미국에 와서는 낯설은 언어때문에 모든것을 다시 처음부터 시작해야만
했었단다."

"그렇지만 영어는 쉬운데요!" 쿠퍼가 무심코 말했습니다.

이씨 아저씨가 웃으며 "그럼. 한국말 만큼이나 쉽지." 라고 말씀하셨습니다.
쿠퍼는 얼굴을 붉혔습니다.

"Anyway, now I speak both. And now that I'm a citizen, I'm Korean and American, both."

"I guess I'm both too, but people ask me where I'm from all the time," said Cooper.

"What do you tell them?" asked Mr. Lee.

"That I'm from right here. But then they say, *No, where are your parents from?* Sometimes I feel like I can't really say I'm Korean if I can't speak the language. But they look at me funny if I say I'm American, even though I am." Cooper glanced back at the photo album. He wondered if people looked at Mr. Lee funny for saying he was Korean and American, too.

"이제는 나는 한국말과 영어 둘다 쓸수 있게 되었단다. 그리고 이제 나는 미국 시민권자이니까 한국인이면서 또 미국인이기도하지."

"그렇다면 저도 마찬가지인 걸요. 사람들은 항상 저보고 어느 나라에서 왔냐고 물어요." 라고 쿠퍼가 말했습니다.

"그러면 너는 뭐라고 대답하지?" 이씨 아저씨가 물어 보셨습니다.

"저는 미국태생이라고 대답해요. 그러면 사람들은 '그게 아니고, 네 부모님이 어느 나라 사람이냐'고 물어보아요. 저는 여기서 태어났는데 한국인이라고 말할수는 없잖아요. 그렇죠? 게다가 저는 한국말도 잘 못하는 걸요. 하지만 제가 미국인이라고 하면 그사람들은 재밌다는 듯이 쳐다보죠. 분명히 저는 미국인 인데도 말이죠."

쿠퍼는 사진첩을 흘낏 다시 보았습니다. 쿠퍼는 이씨 아저씨가 한국인이며 동시에 미국인이라고 말할때 혹시 사람들이 아저씨를 이상하게 쳐다보지 않을까 궁금해졌습니다.

"People like things to be simple, easy to put in a box," sighed Mr. Lee.

"Sometimes I wish I were just one thing or another. It *would* be simpler," Cooper said.

"Oh? You want to be the same as everyone else, like the cans on this shelf, or those rows of frozen fish?"

Cooper wrinkled his nose. The bell on the door jingled. "There you are!" said a voice from behind Cooper.

"Mom! I was . . . here to get the ginger. I mean, *saenggang,*" said Cooper, choosing a thick piece and fishing in his pocket for a dollar bill.

Cooper's mother looked surprised. Then she smiled and said, "Well, better late than never."

"사람들은 쉽고 간단한 것을 좋아하지." 이씨 아저씨가 한숨을 쉬며 말씀하셨습니다.

"가끔 저는 이것아니면 저것 둘중에 하나였으면 좋겠어요. 다른 사람들처럼 말이에요." 쿠퍼가 말하였습니다.

"오, 그래? 너는 다른 사람들과 똑같아지기를 원하니? 마치 선반에 있는 통조림이나 저기에 줄지어 있는 냉동생선처럼 말이니?"

그말을 듣고 쿠퍼는 코를 찡그렸습니다. 문위에 달린 종이 딸랑거렸습니다. "너 여기있었구나!" 쿠퍼 뒤에서 누군가가 불렀습니다.

"엄마, 저...여기에 진저 아니, 생강 사려고 왔어요." 하고 쿠퍼는 굵은 생강조각 하나를 고르고, 주머니를 뒤져 돈을 꺼내면서 말하였습니다.

엄마는 조금 놀라시면서 "그래, 늦긴 했지만 아예 안사는 것보다는 낫지."

Cooper's mother turned to Mr. Lee and spoke in Korean.

Mr. Lee began to close the store. In English, he replied, "Thank you, I would be honored to join you for dinner. And perhaps on the way home Cooper can tell you why he's been here so much lately. Right, Cooper?" said Mr. Lee.

Cooper looked at his mom's curious face. He suddenly felt more grown-up than he ever had before.

They left the store and Cooper began, *"Igosul Hanguk-o-ro mworago malhamnikka?"* —*How do you say this in Korean?* Cooper's Korean felt awkward and funny in his own ears, but he worked hard to say exactly what he meant.

His mom looked at him, even more surprised. "Well, tell me what it is and we'll figure it out together," she said. Mr. Lee nodded.

The sun dipped behind them as they walked along, the soft sound of their languages mingling in the gentle evening air.

이씨 아저씨가 가게를 닫기 시작하자, 쿠퍼 엄마가 이씨 아저씨께 한국말로 뭐라고 말씀하셨습니다.

"네, 감사합니다. 저녁식사에 조대해 주시니 기쁘군요. 그리고 아마도 집에 가는길에 쿠퍼가 요즘 왜 여기서 시간을 많이 보냈는지 얘기해 줄겁니다." 라고 이씨 아저씨가 영어로 대답하셨습니다.

쿠퍼는 엄마의 호기심 어린 얼굴을 쳐다보았습니다. 비록 엄마가 굉장히 화낼거라는 것을 알았지만, 엄마에게 브러쉬를 훔쳤던 것과 이씨 아저씨로부터 무엇을 배웠는지 얘기할수 있어서 속이 우련해 졌습니다. 쿠퍼는 천천히 얘기를 시작했습니다. 자기의 한국말이 서투르고 부자연스럽게 들렸지만 그래도 쿠퍼는 자기가 말하고자 하는 바를 정확하게 표현하려고 노력했습니다.

가게를 나서면서 쿠퍼가 멈춰서서 물어 보았습니다. "제가 지금 맞게 말하는 거에요?" "글쎄, 계속해보렴. 우리 함께 생각해 보자꾸나." 라고 엄마가 말씀하셨습니다. 이씨 아저씨도 고개를 끄떡이셨습니다.

그리고 다같이 걷기 시작하였습니다. 그들이 도란도란 주고받는 얘기소리가 부드러운 밤공기와 함께 어우러 졌습니다.

Sun Yung Shin

Photo by Christopher Cross

was born in Seoul, South Korea in 1974 and was adopted by American parents in 1975. She grew up around Chicago and now lives in Minneapolis with her husband and their two young children. A poet, essayist, and teacher, Sun Yung is inspired by the lives and dreams of her fellow Asian Americans, past and present. This is her first book for children.

For my beautiful children Jae and Ty, and for hapa *and mixed-blood children everywhere.*   —S.Y.S.

Kim Cogan

Photo by Dana Goldberg

was born in Pusan, Korea. After coming to the United States to live with a loving family who adopted him, Kim grew up in the Bay Area. His paintings are inspired by everyday life, simplicity and balance. The recipient of several prestigious awards, Kim has participated in over a dozen shows nationwide. He lives in San Francisco, California.

Like many other adopted Korean children and second generation Korean Americans, I've often been asked, "Do you speak Korean?" Or, often, older Koreans simply speak to me in Korean, assuming I will know how to respond. Sheepishly, I always have to say, "I only speak a little. I'm learning!" I always wonder what personal connections and fascinating stories I'm missing out on.

In writing *Cooper's Lesson,* I wanted to capture what can be lost and gained as different generations adapt to and influence their adopted cultures. I also wanted to explore how language plays such an important part in who we are and how we relate to other people. I imagined how one boy might come to understand—and challenge— himself when he feels caught between two worlds. And I imagined how Mr. Lee, who as a Korean grocer may be a well-known figure to some, would have a lesser-known past all his own. I truly believe that cross-cultural and intergenerational friendships—like the one that develops between Cooper and Mr. Lee—are an essential way for all of us to explore the different parts of who we are.   —*Sun Yung Shin*

Story copyright © 2004 by Sun Yung Shin
Illustrations copyright © 2004 by Kim Cogan
Children's Book Press, an imprint of LEE & LOW BOOKS Inc., 95 Madison Avenue, New York, NY 10016, leeandlow.com

Book design: Aileen Friedman
Book editors: Dana Goldberg, Ina Cumpiano
Text translation: Min Paek
Korean typesetting: Luna Concepts
Korean language consultant: Hyun-Young Na
Book production: The Kids at Our House

Special thanks to Young Joo Choi, Grace Park McField, Gloria K. Park, Clara C. Park, Young Choe, Rosalyn Sheff, Caecilia Kim and Addison Brenneman, Michael Lorton, Young Sook Choi, and Josh Blatter.

Library of Congress Cataloging-in-Publication Data
Shin, Sun Yung.
Cooper's Lesson / story by Sun Yung Shin; illustrations by Kim Cogan; Korean translation by Min Paek.
   p. cm.
Summary: When Cooper, a biracial Korean American boy, feels uncomfortable trying to speak Korean in Mr. Lee's grocery, his bad behavior eventually leads to a change in his attitude.
ISBN 978-0-89239-361-9 (paperback)
1. Korean Americans—Juvenile fiction. 2. Racially mixed people—Juvenile fiction. [1. Bilingualism—Fiction. 2. Korean Americans—Fiction. 3. Racially mixed people—Fiction. 4. Identity—Fiction. 5. Korean language materials—Bilingual.]
I. Cogan, Kim, ill. II. Paek, Min, 1950- III. Title.
PZ50.531.S434 2004 2015 [E]—dc21   2003051625

Manufactured in China by First Choice Printing Co. Ltd., March 2015
10 9 8 7 6 5 4 3 2 1
First Edition